VERA
AGUS A VEIDHLÍN

Máire Breatnach
a scríobh

Robert Ballagh
a mhaisigh

An Gúm
Baile Átha Cliath

'Nach álainn an ceol é sin!' arsa Vera.

Chonaic Mamaí agus Vera grúpa
ceoltóirí ag seinm sa chearnóg.
Sheas siad tamaillín ag éisteacht leo.
Veidhlíní, giotáir, feadóga...
b'iontach go deo an seó é!

Nuair a lean siad orthu cúpla coiscéim eile, céard a bhí rompu i bhfuinneog siopa ach – veidhlín beag gleoite! 'Ó, a Mhamaí!' arsa Vera, agus í ag baint lán a súl as. 'Ba bhreá-á-á liom é sin!'

An lá ina dhiaidh sin, agus Vera ar scoil,
bhí sí fós ag smaoineamh ar an veidhlín álainn.
Ní mó ná sásta a bhí an múinteoir léi!

An tráthnóna sin, tar éis an tae, bhí ciúnas sa teach.
Chuaigh Vera ag póirseáil sa chófra mór faoin staighre.
Go tobann, lig sí béic aisti.

'A Mhamaí, a Mhamaí! Féach céard a fuair mise!'
arsa Vera, agus í ag damhsa le háthas.
'Ó, a Vera!' arsa Mamaí, 'ba rún é sin, bronntanas le
haghaidh do lá breithe!
Ach, ós rud é gur tháinig tú air cheana féin ...'

'... tabhair i leith é go mbreathnóimid air.
Is féidir liom é a chur in aithne duit, más maith leat.
Bhí veidhlín agam féin nuair a bhí mé ar scoil, freisin.'

'Féach an veidhlín agus é neadaithe
go socair istigh sa chás!
Seo an droichead, sin iad na sreanga
agus na pionnaí tiúnta – agus féach
an bogha deas agus an roisín!
Meas tú an mbeinn in ann píosa a
sheinm air duit – tá sé fíneálta go maith ...'

'Ó, déan, a Mhamaí!' arsa Vera,
agus ríméad uirthi. Ar dtús,
d'ullmhaigh Mamaí an bogha
agus chuir sí beagán roisín air,
le fuaim bhog mhín a chinntiú.
Nuair a bhí na sreanga curtha
i dtiúin aici, sheinn sí 'Réiltín, Réiltín'.

'Ó, tá sé sin go hiontach!' arsa Vera.
'Mo sheans féin anois, a Mhamaí!'
Rinne Vera iarracht, ach mo léan!
Bhí sé níos deacra ná mar a shíl sí.
'Áááá, a Mhamaí! Ní thig liomsa
oiread agus nóta glan amháin a sheinm!
... Conas a dhéanann tusa é?'

'Ná bíodh buairt ort, a stór!' arsa Mamaí.
'Tá smaoineamh agamsa. Tabharfaimid
cuairt ar an múinteoir ceoil a bhí agam
féin fadó, agus ní bheadh a fhios agat
– b'fhéidir go dtabharfadh sí ceachtanna
duitse, freisin!'

'Ó, b'aoibhinn liom é sin, a Mhamaí!
An féidir linn dul ar cuairt chuici amárach?'
'Bhuel,' arsa Mamaí, 'glaofaidh mé uirthi
ar maidin, agus pléifimid an scéal ansin.'

'Ach anois, tá sé in am an veidhlín agus
an bogha a chur ar ais go cúramach sa chás.
Scaoilimis an bogha beagáinín – sin é – agus
cuirimis an roisín isteach sa phóca taoibh.
Bíonn ar an veidhlín dul a luí freisin, tá a fhios agat!'

An oíche sin, bhí brionglóid iontach ag Vera.
Bhí sí ag seinm an veidhlín ina haonar, amuigh i lár
an stáitse sa Cheoláras! Bhí slua ollmhór ann, agus
léim siad ar fad ar a gcosa agus iad ag bualadh bos
go tréan ag deireadh an phíosa aici!

Maidin lá arna mhárach, chuir Mamaí glaoch
ar Bhean de Brún, an múinteoir veidhlín.
An Satharn a bhí ann, agus ní raibh ar Vera
dul ar scoil. D'fhan sí taobh lena Mamaí agus
sceitimíní uirthi – theastaigh uaithi tosú láithreach!

'Sea, go deimhin!' arsa Bean de Brún. 'Is féidir libh
bualadh isteach chugam i ndiaidh na ranganna,
ar a cúig a chlog tráthnóna. An bhfeileann sé sin daoibh?'

'Cinnte dearfa!' arsa Mamaí. 'Go raibh míle maith agat,
a Bhean de Brún!'
'Tá go maith, mar sin! Tig linn triúr casadh ar a
chéile i mo theachsa.
Táim ag tnúth le haithne a chur ar Vera.
Gach seans go mbeidh luí ar leith aici leis an gceol,
ar nós a Mamaí!'

D'imigh siad leo ag siúl go dtí teach
Bhean de Brún ar ball. Bhí sceitimíní ar Vera,
agus í an-mhórtasach as an veidhlín – cé go
raibh sí beagán imníoch freisin, níor lig sí dada uirthi.
Bhí greim docht láimhe aici ar Mhamaí agus an
veidhlín sa lámh eile aici.

'Fáilte romhaibh isteach!' arsa Bean de Brún.
'Tá ciúnas sa teach, ar deireadh thiar!
Isteach linn sa seomra suí go mbreathnóidh mé ar
an veidhlín nua. Abair liom conas mar a tharla agat é,
a Vera. Is dócha go bhfuil a scéal féin aige?'

Shuigh siad ar fad síos, agus d'inis Vera scéal an veidhlín do Bhean de Brún. Ansin thóg sí amach as an gcás go cúramach é, agus luaigh sí an méid a bhí foghlamtha aici ó Mhamaí an oíche roimhe sin.

'Maith thú, a Vera! Agus a Mhamaí, ar ndóigh! Sin tús breá. Anois, lig ort féin gur bainseó é, a Vera, agus cuir faoi d'ascaill é. Tarraing na sreanga ceann ar cheann go deas réidh, mar seo – G D A E. Féach ormsa ar dtús.'

'Tá sé sin breá éasca!' arsa Vera, agus é déanta faoi thrí aici. 'Ach céard faoin mbogha?'
'Fóill bheag ort, a Vera!' Gháir Bean de Brún.
'Is fearr dúinn díriú ar an mbogha mar rud as féin.'

'Seo mar a bheireann tú greim ar an mbogha,' arsa
Bean de Brún, agus ansin thug sí deis do Vera triail
a bhaint as ar a conlán féin. 'Cuimhnigh an ordóg
a bheith scaoilte, agus na méara eile a bheith spréite
amach thar an maide féin. Seasann an lúidín go
compordach ar barr... Sin é! Pioc féin suas ón mbord
anois é,' ar sise.

'Ó, féach, a Mhamaí! Tá sé agam, tá sé i gceart agam!'
Bhí gliondar ar Vera. D'aontaigh Mamaí agus Bean
de Brún go raibh an-obair déanta aici ar an gcéad lá.

'Anois, a Vera,' arsa Bean de Brún, 'taispeáin dom conas a chuireann tú an veidhlín agus an bogha ar ais sa chás. Ná bíodh aon deifir ort – déan go réidh é.' Rinne Vera go foirfe é – shílfeá go raibh taithí na mblianta aici air!

'Mo cheol thú!' arsa Bean de Brún. 'Déan cleachtadh ar an méid sin le Mamaí ar feadh deich nóiméad gach lá i rith na seachtaine, agus tig leat ceacht a dó a dhéanamh liom anseo Dé Sathairn seo chugainn!'

Bhí ard-ghiúmar ar Vera agus í ag siúl abhaile lena Mamaí agus leis an veidhlín. 'Fan go bhfeicfidh mo chairde go léir é seo!' ar sise.

Ach chuir Mamaí fainic bheag amháin uirthi. 'Is ort féin amháin atá cúram an veidhlín, a Vera. Glac go réidh ar dtús é. Ní fada go mbeidh ábhar mórtais agat, má dhéanann tú an cleachtadh rialta a mhol Bean de Brún duit.'

'Cá bhfios!' arsa Mamaí, 'b'fhéidir go mbeifeá ag seinm sa ghrúpa ceoil do cheolchoirm na Nollag amach anseo. Nó istigh sa Cheoláras féin!' Lig Vera liú áthais aisti – b'in an bhrionglóid a bhí aici féin an oíche roimhe! 'Ach,' arsa Mamaí, 'ní féidir na céimeanna tosaigh a bhrostú. Is iad is tábhachtaí le bunús maith a thabhairt duit amach anseo.'

'Áááá ...!' arsa Vera, 'ach ... is dócha gur fearr dom é a fhoghlaim i gceart anois, agus ansin beidh sé agam go deo ...'

'Sin é go díreach é!' arsa Mamaí.
'Agus cuideoidh mise leat leis an
gcleachtadh go dtí go mbeidh tú ina thaithí.'

'Ó, go raibh míle maith agat, a Mhamaí!
Tá áthas an domhain orm!' Agus rug siad
beirt barróg mhór ar a chéile. Isteach an
doras leo go sásta ansin –
Mamaí, Vera agus a Veidhlín!